J.K.ローリング

とても良い人生のために
失敗の思いがけない恩恵と想像力の大切さ

静山社

Original Title –

Very Good Lives. The Fringe Benefits of Failure and Importance
of Imagination

First published in the United States in 2015 by Little, Brown and
Company, a division of the Hachette Book Group. Inc.

First published in Great Britain in 2015 by Sphere

The moral right of the author has been asserted

Copyright © J.K.Rowling 2008

Illustrations by Joel Holland

All rights reserved.

No part of this publication may be reproduced, stored in a retrieval
system, or transmitted, in any form or by any means, without the
prior permission in writing of the publisher, nor be otherwise
circulated in any form of binding or cover other than that in which it
is published and without a similar condition including this condition
being imposed on the subsequent purchaser.

とても良い人生のために
失敗の思いがけない恩恵と想像力の大切さ

松岡佑子=訳

ファウスト学長、ハーバード大学法人のフェロー
の皆様、理事会、教授会の皆様、誇らしげなご両親、
そしてなによりも卒業生の皆様。

まず初めに、「ありがとう」と申し上げます。ハーバード大学は、私に過分な名誉を与えてくださいました。そればかりではなく、この記念講演のせいで恐怖と吐き気に何週間も耐えなければならなかったおかげで、やせることができました。一挙両得です！

　さて今は、深呼吸して、ハーバード・カラーの赤い垂れ幕を眼を細めて見ながら、ここが「グリフィンドール」の世界最大の同窓会だと思い込めばよいだけです。

卒業記念の講演をするのは、重大な責任です。と思ったのは、私自身の卒業式を思い出すまでのことでした。その日の記念講演者は、英国の著名な哲学者である、バロネス・メアリー・ワーノック女史でした。その講演を振り返って考えたことが、今回の講演を準備するのに大いに役に立ちました。

なにしろ、そのとき語られた言葉を、なに一つ思い出すことができなかったのですから。それに気づいたとき、私は恐れから解放されました。それは、期せずして私が卒業生のみなさんに影響を与えてしまい、せっかくのビジネス、法律、政治の有望なキャリアを捨てさせ、むしろ（ダンブルドアのような）ゲイの魔法使いになるというめくるめくような喜びに走らせてしまうのではないかという恐れです。

おわかりでしょう？　もし何年か後に、みなさんがこの「ゲイの魔法使い」というジョークだけでも覚えているとしたら、私はバロネス・メアリー・ワーノック女史の上手を行ったことになります。達成可能な目標、それが自己改善の第一歩です。

　実のところ、今日みなさんになにを話すべきかと、私は頭と心を悩ませてきました。私自身が卒業した時に、いったい何を知っておきたかっただろうか、その日から現在までの21年間に学んだ大切な教訓は何だっただろうかと、自らにそう問いかけてきました。

二つの答えがでました。みなさんの学問の成功を祝う、この輝(かがや)かしい集いの日に、私は、失敗の恩恵(おんけい)について話そうと決めました。さらに、「現実の人生」と呼ばれることのある世界に旅立つみなさんに向かって、想像力がどれほど大切かを訴(うった)えたいのです。

　的外れで逆説的な答えだと思われるかもしれませんが、しばらく我慢(がまん)してお聞きください。

　42歳(さい)になった今、卒業時の21歳(さい)の私を振(ふ)り返(かえ)ると、いささか苦い思いがします。今までの人生

の半分の時、私は不安定な均衡の上で揺れていました。私自身の望みと、一番身近な人たちが私に期待したことがずれていたからです。

私がずっと望んでいたのは小説を書くことで、それ以外にはないという確信がありました。でも、私の両親は、貧しい家に育ち、どちらも大学を出ていなかったので、私の盛ん過ぎる空想は、ばかばかしい個人の気まぐれであり、それで家のローンが払えるわけでもなく、年金が確保できるわけでもないと考えていました。確かに、今となっては、これはアニメに出てくる鉄床で打たれる場面のような、衝撃的皮肉です。

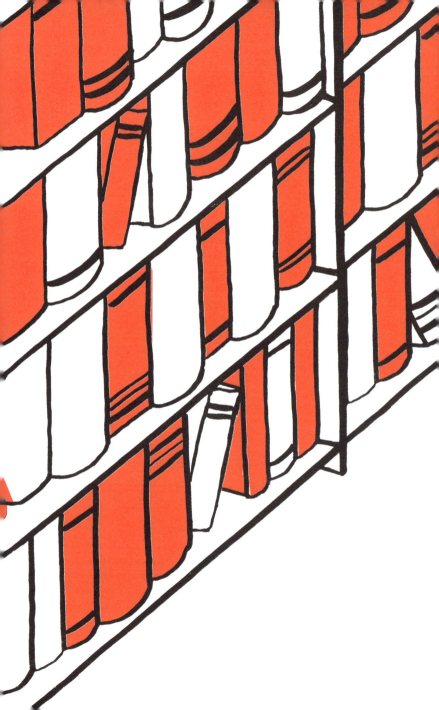

　そこで両親は、私が職業に結びつく学位を取ることを望みましたが、私は英文学を学びたかったのです。振り返って見ると、妥協の産物は、だれにとっても満足のいかないものでした。私は大学で現代言語を学ぶことになったのです。しかし、私を送ってきた両親の車がむこうの角を曲がるか曲がらないうちに、私はドイツ語を打ち捨て、ギリシャ・ラテンの古典文学の教室へそそくさと逃げ去ったのです。

私が古典を勉強していることを、両親に話した
かどうか覚えていません。二人が初めてそれを
知ったのは、卒業の日だったのかもしれません。
両親にしてみれば、この地球上のあらゆる学問の
中で、重役専用トイレへの鍵を手にするために最
も役に立たない学科として、ギリシャ神話の右に
出るものを思い付かなかったことでしょう。

ところで、私は両親の考え方を非難しては
いないと、ここではっきり申し上げておきた
いと思います。親の舵取りが間違っていたと
責めるのには、有効期限があるというもので
す。自らの人生の舵を取る年齢に達したその
時から、責任は自分自身にあります。その上、
両親が私に貧乏を経験させたくないと望んだ
ことを、批判することはできません。二人と
も貧乏でしたし、私もずっと貧乏でした。貧

困が人間を高貴にするわけではない、という両親の意見に私はまったく賛成です。貧困は恐怖とストレスを引き起こし、時には鬱に陥らせます。貧困は何百何千というつまらない屈辱と苦労を意味します。貧困から自力で這い上がる――それは誇りにしてよいことです。しかし、貧困そのものを美化するのは、愚か者だけです。

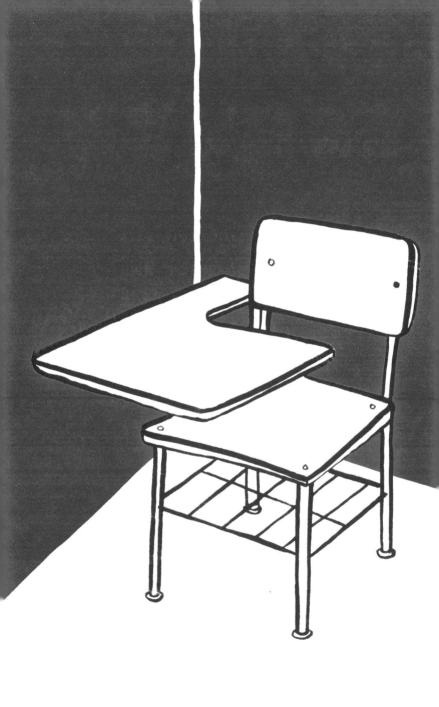

私がみなさんの年齢のころ一番恐れていたのは、
貧困ではなく失敗でした。

　みなさんと同じ年齢のころ、大学にはまるで意
欲が湧かず、コーヒー店で小説を書くことにあま
りにも長い時間を費やし、授業にはあまりにも少
ない時間しか費やしていなかったにもかかわらず、
試験にはパスするというコツを心得ていました。
それこそが、長年、私の人生における、そして同
僚たちの人生における成功の尺度だったのです。

　みなさんが若く、才能にあふれ、高い教育を受けているからといって、苦労も苦悩(くのう)も味わったことがないだろうと思うほど、私も鈍感(どんかん)ではありません。才能も知能も、運命の気まぐれを防ぐ予防

接種になったためしはありませんし、ここにいるみなさんが全員、特権も幸福もかき乱されることなく人生を送ってきたなどと、微塵も思ったことはありません。

しかし、こうしてハーバードを卒業するということは、やはり、みなさんが失敗とはあまりなじみがないことを示唆しています。もしかしたらみなさんは、成功したいという望みと同じくらい、失敗する恐れに強く突き動かされてきたのかもしれません。しかしながら、みなさんが失敗と考えるものは、普通の人が成功と考えるものとそうかけ離れてはいないかもしれないのです。みなさんはもう、それほどまで高いところに飛んできているのです。

"I was the biggest failure I knew"

失敗とはなにかを決めるのは、結局私たち一人一人なのです。ところが、放っておけば、世間が、失敗の一連の基準を熱心に示したがります。ということで卒業の日から7年しかたっていないのに、もう私は、どんな世間的基準に照らしても、壮大に失敗していたと言ってよいでしょう。とびきり短い結婚に敗れ、仕事もなく、シングルマザーで、現代英国に置いてホームレスにならずにすむすれすれの貧しさだったのです。両親が私に対して抱いていた恐れも、私自身が抱いていた恐れも、両方とも実現しました。どの通常の基準に照らしても、私は確かに最大級の失敗者でした。

さて、こうしてみなさんの前に立ち、失敗とは楽しいものだと言うつもりはありません。あの時代は暗いものでした。マスコミがその後、おとぎ話の結末と表現したような展開になろうとは、まったく思っていませんでした。どこまで暗いトンネルが続くのか、その当時は見当もつかず、長い間、トンネルの出口の明かりは、現実のものというより願いでしかなかったのです。

それなら、なぜ失敗の恩恵などを話したりするのでしょう？　それは、失敗こそ、不必要なものすべてを脱ぎ捨てることを意味するからです。私は、自分以外の何者かであるという思い込みを止め、すべてのエネルギーを、私にとって大切だった唯一の仕事を完成させることに注ぎました。もし、なにかしら別のことですでに成功していたなら、きっと、自分の本領だと信じていた唯一の分

野で成功しようという決意ができなかったことでしょう。私は自由になりました。なにしろ、一番恐(おそ)れていたことが現実のものになってしまい、しかもまだ生きていて、愛する娘(むすめ)がいて、旧式のタイプライター一台と、大きなアイデアがありました。どん底の岩盤(がんばん)が、その上に人生を築きなおす確固たる土台になったのです。

みなさんは決して、私ほど大々的な失敗はしないかもしれません。でも人生には、多かれ少なかれ失敗が付き物です。何も失敗せずに生きることなど不可能です。もっとも、生きていない方がましではないかというくらい慎重に生きるなら別ですが——それならば人生そのものが初めから失敗です。

失敗は、試験に合格することでは得られなかった内面の安定を与えてくれました。失敗は、私自身について、ほかの方法では学ぶことのできなかったことを教えてくれました。私は、自分が思っていたよりずっと強い意志と自己規律を持ちあわせていること、そして高価なルビーより真に価値のある友人たちがいることに気が付きました。

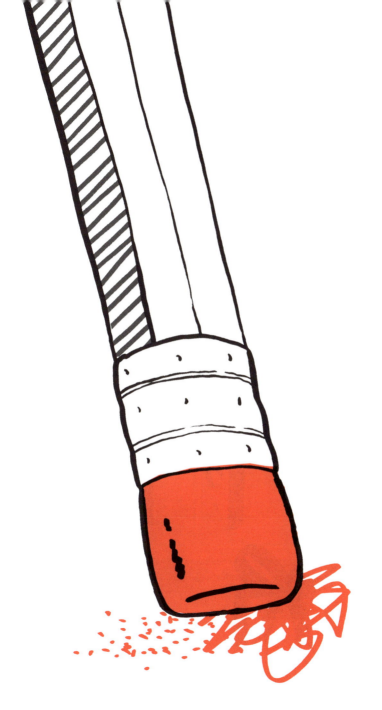

挫折から抜け出して、より賢く、より強くなったことを知れば、それ以後は、生き抜く能力が確実なものになります。逆境によって試されなければ、真の自分をも、人間関係の力をも本当に知ることはないのです。辛い思いをして勝ち取ったこの認識こそ、真の贈り物であり、それまで私が得たどんな資格より価値のあるものになりました。

humility

ですから、もし「逆転時計」があったなら、私は21歳の自分にこう言うでしょう。人生とは、獲得した物や、達成したことのリストではない、と知ることにこそ、その人個人の幸福があるのだと。資格だとか履歴はあなたの人生ではないのです。もっとも、私の年代やそれより上の人には、それを混同している人がたくさんいるのですが。人生は難しく、複雑で、完全にそれを制御することなどだれにもできません。そのことを知る謙虚さこそ、人生の浮き沈みを生き抜かせてくれるものなのです。

さて、みなさんは、私が二番目のテーマとして想像力の大切さを選んだのは、私の人生の再構築に、それが果たした役割のせいだと考えるかもしれません。でも、それがすべてではありません。個人的には、寝る前に子どもの枕元で読み聞かせる空想物語の価値を、命ある限り主張しますが、私はもっと広い意味で想像力の価値を学びました。想像力は、ないものを想い浮かべるという人間特有の能力であり、だからこそ発明や革新の源泉なのですが、それだけではありません。物事を変革し、目を開かせる最も大きな能力であるとも言えるこの力によって、私たちは、自分自身にはない経験を持つ人々の身になって考えることができるのです。

私の人生を形作った最も大きな経験のひとつは、ハリー・ポッター以前のものでした。とはいえ、その経験は、その後に書いたハリーの物語全体を貫いて流れています。若い頃のある仕事のおかげで、私は目を開かされました。昼休みに抜け出して小説を書いていたとはいえ、ロンドンのアムネスティ・インターナショナル本部のアフリカ調査部の仕事をして家賃を払っていた、20代初め頃のことです。

そこの小さなオフィスで私は、投獄の危険を冒しても、自分たちの身に起こっていることを外の世界に告発しようとした人々が走り書きし、全体主義政府の目をくぐり抜けて持ち出された手紙を、いくつも読みました。跡形もなく消えてしまった人々を必死に探す家族や友人がアムネスティに送ってきた写真を、私は目にしました。拷問された人々の証言を読み、受けた傷の写真を見ました。即決裁判や処刑、拉致やレイプの目撃者の手書きの記録を開いて読みました。

　職場の同僚には、かつて政治犯として投獄された人たちが大勢いました。無謀にも政府に歯向かう発言をしたことで、祖国を追われたり、亡命してきた人たちです。オフィスを訪ねてくるのは、情報をもたらす人や、あとに残してきた人の消息をなんとかして知ろうとする人たちでした。

アフリカで拷問を受けたある犠牲者のことは忘れることができません。そのころの私とそう変わらない年齢の青年でしたが、祖国で受けたあらゆるしうちのために、心を病んでいました。ビデオカメラに向かってどんなに残酷な目にあわされたかを話す間、青年はどうしようもなく震え続けて

いました。背丈は私よりも30センチも高いのに、まるで子供のように弱々しく見えました。そのあと、青年に付き添って地下鉄の駅まで送る仕事を与えられましたが、残忍なしうちに人生を打ち砕かれたこの青年は、この上ない礼儀正しさで私の手を取り、私の将来の幸せを願ってくれたのです。

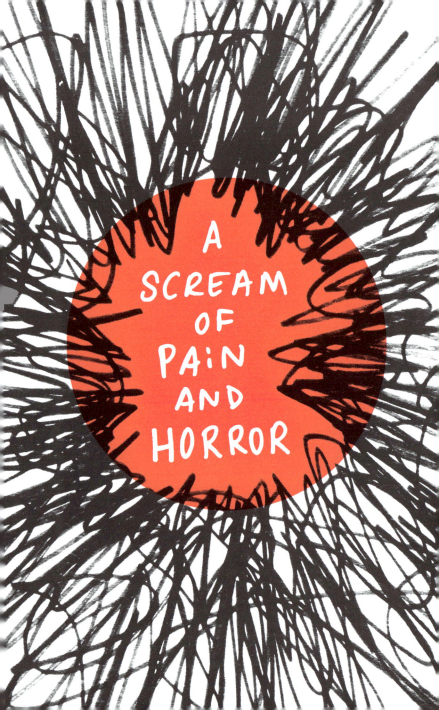

それからまた、だれもいない廊下を歩いていた
とき、突然閉ざされたドアのむこうから聞こえて
きた悲鳴を、私は一生忘れることができないで
しょう。あれほどの苦痛と恐怖の悲鳴を、私はそ
れ以後聞いたことがありません。ドアが開いて、
女性の調査員が顔をのぞかせ、その部屋にいる青
年のために急いで温かい飲み物を持ってくるよう
にと、私に言いました。自国の政府にあからさま
に逆らう発言を続けてきた青年への報復に、母親
が捕えられて処刑されたことを、調査員が彼に知
らせた直後のことでした。

民主的に選ばれた政府のもと、だれもが法的な弁護を受け、公開の裁判を受ける権利を持つ国に生きていることが、どれほど信じがたい幸運であるかを、20代初めの私は、その職場で日々思い知らされました。

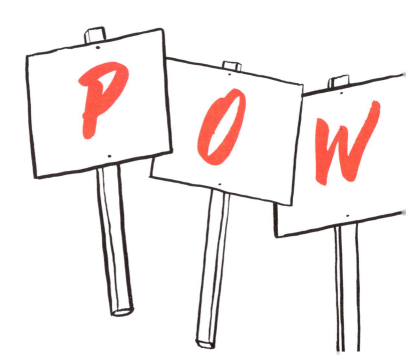

権力を手にしたり維持したりするために、人間が同じ人間に対してどれほどの悪を犯すものかの証を、私は毎日のように次々と見てきました。見たり、聞いたり、読んだりしたいろいろなことを、私はやがて夢に見るようになりました。文字通りの悪夢でした。

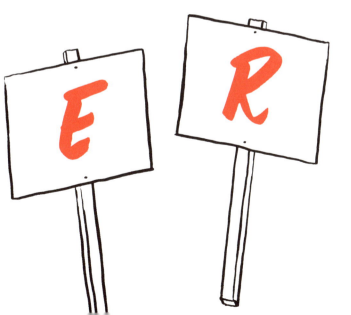

しかしまた、人間の善良さについても、アムネ
スティ・インターナショナルで、それまでにな
かったほど多くを学びました。

　アムネスティでは、自分自身にはまったくそう
いう経験がないにもかかわらず、信条のために拷
問されたり投獄されたりした人々になりかわって
行動する、何千人という人たちが活動しています。
他人を思いやる力が、集団の行動になり、人命を
救い、牢獄から解放しているのです。自分の安寧
も安全も保障されている普通の人々が大勢力を合
わせ、見ず知らずの、そして会うこともないであ
ろう人々を助けているのです。その活動にほんの
わずかだけでも参加したことは、私の人生におい
て、もっとも謙虚な気持ちにさせられ、心を動か
された経験でした。

この地球上のほかの生物とは違い、人間だけが、自ら経験することなくして学び、理解することができます。他人の立場に立って考えることができるのです。

　もちろんこれは、私の創作した想像上の魔法と同様、道徳的には善でも悪でもない中立的な力です。この能力を、理解や同情のために使う人もいれば、操作したり制御したりすることに使う人もいることでしょう。

"They can think themselves into other people's places"

"They can refuse to know"

さらに、想像力をまったく使いたくない人も大勢います。自分の経験の領域内にぬくぬくと収まり、自分と違う立場に生まれていたらどう感じるだろうか、などと考えてみようともしません。叫び声を聞くことも、檻の中を見つめることをも拒める人たちです。自分の身に及ばない苦しみには心を閉ざして平気でいられる人たちです。彼らは知ることを拒否してしまえる人たちなのです。

私も、そんな風に生きられる人たちを羨ましいと思いたくなるかもしれません。でも、その人たちが私よりも悪夢を見る回数が少ないとは思いま

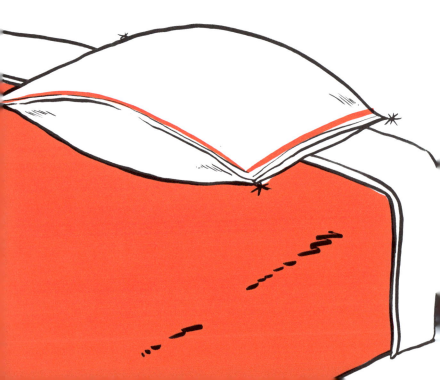

せん。狭い場所で生きることを選べば、一種の精神的な広場恐怖症になり、それに伴う別の恐怖が生まれます。意識的に想像力を使うまいとすれば、かえって多くの怪物を見るでしょう。こういう人たちはたいてい、より一層怯えているのです。

　そればかりか、他人の気持ちを思いやるまいとする人たちは、本物の怪物を生じさせます。なぜなら、自らは邪悪な行為そのものを為さないとしても、無関心であることで、悪と共謀しているからです。

18歳のとき、自分が求めているものは何なのかがまだはっきり分からないままに、思い切って飛び込んだ古典文学の廊下の片隅で学んだ数々のことのなかに、ギリシャの著述家プルタルコスのことばがあります。

「自らの内側で達成したことが、外側の現実を変える。」

これは驚くべき名言です。しかも日常の生活の中で何千回となく証明されています。このことばは、ひとつには、私たちが外部の世界と切り離せない存在であること、人は単に存在しているだけで、他人の人生に関わるのだという事実を述べています。

しかし、2008年のハーバードの卒業生のみなさん、あなた方はその何倍も他人の人生に関わる可能性があるのではないでしょうか？　みなさんの知性、勤勉という能力、自ら獲得し、また与えられた教育、そうしたものによって、みなさんには特別な地位と特別な責任が与えられています。国籍までもが、みなさんを他とは一線を画す存在にしています。ほとんどのみなさんは、世界最後の超大国である米国に属しています。みなさんがどんなふうに票を投じ、どんなふうに生きるか、どのように抗議し、政府にどう圧力をかけるか、それが国境を遙かに越える影響力を持ちます。それがみなさんの特権であり、重荷なのです。

みなさんの地位と影響力を使って、声なき人々に変わって声を上げるなら、力ある者とばかりでなく、力なき人々と共にあることを選ぶなら、そして、みなさんのようには恵まれていない人々の身になって考える能力を持ち続けるなら、ここに誇らしく集うみなさんのご家族ばかりでなく、みなさんの助けで現実が変わった何千、何百万人の人々が、みなさんの存在を褒め称えるでしょう。世界を変革するのに魔法は要りません。すでに私たちの中に、すべての必要な力が備わっているのです。それは、より良い世界を想像する力です。

長い話をもうすぐおしまいにいたしますが、最後に一つ、みなさんのために望みたいことがあります。それは、21歳の私がすでに手にしていたものです。卒業の日に一緒だった友人たちは、私の生涯の友となりました。私の子どもたちの名親になってもらい、本当に困った時には助けを求め、「死喰い人」に彼らの名前を付けても、寛容にも訴訟しないでくれた人々なのです。卒業の時、私たちは大いなる友情で結ばれ、二度と戻らない日々を共に過ごしたことで結ばれましたし、もちろん、いつの日にか——だれかが英国首相に立候補したときに——かなり貴重になると思われる証拠写真を握っている、という共通認識で結ばれました。

ですから、今日私がみなさんに望みたいのは、そのような何物にもまさる友情、それだけです。そして、明日になって私の言ったことばは一言も覚えていなくとも、覚えておいてほしいことばがあります。私が出世の階段から身を引き、古の知恵を求めて古典の教室に逃亡した時に出会った、ローマの哲学者セネカのことばです。

「人生は物語と同じだ。いかに長く生きるかではなく、いかに良く生きるかが大切なのだ。」

　みなさんのお一人お一人が、とても良い人生を送られますように。ご清聴ありがとうございました。

I wish you all very good lives

著者について

J.K.ローリングは、記録を打ち立て、数々の賞に輝いたハリー・ポッターシリーズの作者です。80 の言語に翻訳され、世界中のファンに愛されて、販売部数は4億5000万部以上、8本の大ヒット映画作品にもなっています。さらに、慈善事業のための副読本を3冊執筆しました。『クィディッチ今昔』と『幻の動物とその生息地』(「コミック・リリーフ」と「ルーモス」に寄付)、『吟遊詩人ビードルの物語』(ルーモスに寄付)。そのほか、『幻の動物とその生息地』に想を得た映画、『ファンタスティック・ビーストと魔法使いの旅』のシナリオも書き、2016年の夏にロンドンのウェス

ト・エンドで開幕した舞台劇の『ハリー・ポッター
と呪いの子』の第一部、第二部を共作しました。

J.K. ローリングは、児童文学に対する貢献で大
英帝国勲章（OBE）を受けたほか、フランスの
レジオン・ドヌール勲章、国際アンデルセン賞を
受賞しています。自らの慈善トラストである「ボ
ラント(Volant)」を通じて、様々な慈善事業をサ
ポートするほか、子どもを施設に収容することを
世界中で止めさせ、すべての子どもたちを安全で
愛情に包まれた環境で育てることを目的とした、
児童のための慈善団体「ルーモス（Lumos）」の
創立者であり、会長でもあります。

www.jkrowling.com

ルーモス
子どもたちを守り、解決策を与えるために

　私がルーモスを創設した目的は、子どもを施設に収容するという、信じがたいほどの有害なやり方を止めさせる手助けをすることです。現在世界中で、800万人もの子どもが施設で育てられています。
　その大多数が孤児ではないのです。施設に収容することが、子どもの精神的・身体的な健康に著しく有害であること、そしてその人生に深刻な影響を及ぼすというのが、多くの専門家の一致した意見です。
　私たちの時代に、子どもを施設に入れるという考え自体が、物語の残酷な世界だけのものになるようにするのが私の夢です。

J.K. ローリング

ルーモス創立者・会長

wearelumos.org

訳者紹介

松岡 佑子 (まつおか・ゆうこ)

翻訳家。国際基督教大学卒、モントレー国際大学院大学国際政治学修士。日本ペンクラブ会員。スイス在住。訳書に「ハリー・ポッター」シリーズ全7巻のほか、「少年冒険家トム」シリーズ全3巻、『ブーツをはいたキティのおはなし』、『ハリー・ポッターと呪いの子 第一部・第二部』、『ファンタスティック・ビーストと魔法使いの旅』（以上静山社）がある。

とても良い人生のために
失敗の思いがけない恩恵と想像力の大切さ

著者 J.K.ローリング
訳者 松岡佑子

2017年11月 1 日 第1刷発行
2021年10月15日 第2刷発行

発行者 松岡佑子
発行所 株式会社静山社
〒102−0073 東京都千代田区九段北 1 −15−15
電話・営業 03−5210−7221
https://www.sayzansha.com

翻訳協力 ルーシー・ノース
日本語版デザイン 坂川栄治＋鳴田小夜子（坂川事務所）
組版 アジュール
印刷・製本 中央精版印刷株式会社

本書の無断複写複製は著作権法により例外を除き禁じられています。
また、私的使用以外のいかなる電子的複写複製も認められておりません。
落丁・乱丁の場合はお取り替えいたします。

Japanese Text © Yuko Matsuoka 2017
Published by Say-zan-sha Publications, Ltd.
ISBN978-4-86389-394-8 Printed in Japan